Niños en la Tierra

Aventuras de vida Silvestre - Explora el Mundo
Octopus - Maldives

Sensei Paul David

Página De Derechos De Autor

Niños en la Tierra: Aventuras de vida Silvestre - Explora el Mundo
Octopus - Maldives

por Sensei Paul David,

Copyright © 2024.

Todos los derechos reservados.

978-1-77848-630-2

KoE_Wildlife_Spanish_PaperbackBook_Ingram_Octopus

978-1-77848-629-6

KoE_Wildlife_Spanish_PaperbackBook_Amazon_Octopus

978-1-77848-628-9

KoE_Wildlife_Spanish_eBook_Amazon_Octopus

Este libro no está autorizado para su distribución y copia gratuita.

www.senseipublishing.com

@senseipublishing
#senseipublishing

Synopsis

Este libro exploró las características únicas y comportamientos de los pulpos en las Maldivas. Proporcionó 30 datos divertidos sobre estas criaturas inteligentes, desde su dieta y hábitat hasta sus características físicas e inteligencia. El libro también habló de sus tres corazones, habilidades para cambiar de color y capacidad para usar herramientas. A través de este libro, los lectores ganaron una mayor apreciación por las vidas complejas de los pulpos en las Maldivas.

¡Obtenga nuestros libros GRATIS ahora!

kidsonearth.life

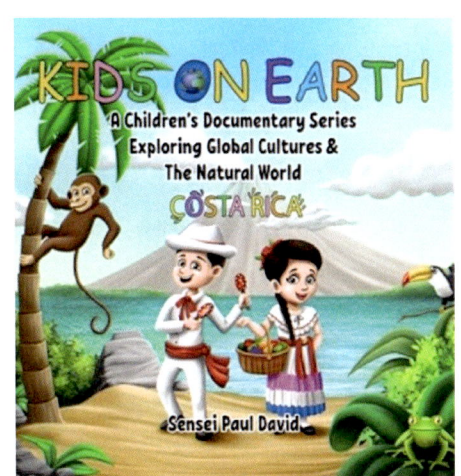

kidsonearth.world

Haga clic a continuación o busque en Amazon otro libro de cada serie o visite:

¡Únete a nuestro viaje editorial!

Si desea recibir LIBROS GRATIS FUTUROS, Y conocernos mejor, Por favor, haga clic en el enlace www.senseipublishing.com Y únete a nuestro boletín ingresando tu dirección de correo electrónico en la caja emergente.

Sigue nuestro blog: senseipauldavid.ca

Sigue/Me gusta/Suscribirse: Facebook, Instagram, YouTube: @senseipublishing

Escanee el código QR con su teléfono o tableta

para seguirnos en las redes sociales: Me gusta / Suscríbete / Síguenos

Introducción

¡Bienvenido al fascinante mundo de los pulpos! Los pulpos son criaturas increíblemente inteligentes que habitan las profundidades de los océanos alrededor del mundo, incluyendo las aguas de las Maldivas. Este libro te llevará en un emocionante viaje para explorar las características y comportamientos únicos de los pulpos en las Maldivas. Desde su dieta y hábitat hasta sus características físicas e inteligencia, este libro te enseñará 30 datos divertidos sobre los pulpos en las Maldivas.

¡Los pulpos en las Maldivas tienen tres corazones! El corazón principal bombea sangre al cuerpo mientras que los otros dos la bombean a las branquias.

Los pulpos en las Maldivas pueden cambiar su color y textura en cuestión de segundos para mezclarse con su entorno.

Los pulpos en las Maldivas pueden lanzar agua desde su sifón para escapar de los depredadores.

Los pulpos en las Maldivas tienen ocho extremidades que están cubiertas de ventosas. Estas ventosas les permiten moverse rápidamente y con facilidad sobre las rocas y el coral.

Los pulpos en las Maldivas son carnívoros y se alimentan de una variedad de pequeñas criaturas marinas como cangrejos, camarones y peces.

Los pulpos en las Maldivas tienen un cerebro altamente desarrollado y son criaturas muy inteligentes.

Los pulpos en las Maldivas pueden vivir hasta cuatro años en estado salvaje.

Los pulpos en las Maldivas se aparean utilizando un brazo especial llamado hectocótilo.

Los pulpos en las Maldivas ponen miles de huevos de una vez y los cuidan hasta que eclosionan.

Los pulpos en las Maldivas pueden perder extremidades y regenerarlas más tarde.

Los pulpos en las Maldivas pueden lanzar tinta para distraer a los depredadores.

Los pulpos en las Maldivas pueden ver colores aunque no tengan ojos.

Los pulpos en las Maldivas son nocturnos, lo que significa que cazan y se alimentan durante la noche.

Los pulpos en las Maldivas tienen una boca parecida a un pico y un pico afilado similar al de un loro para abrir conchas.

Los pulpos en las Maldivas pueden orientarse en su entorno utilizando su sentido del olfato.

Los pulpos en las Maldivas pueden saborear con sus ventosas.

Los pulpos en las Maldivas tienen un tipo de piel especial llamada cromatóforos que les permite cambiar de color.

Los pulpos en las Maldivas pueden caminar en tierra, pero no lo hacen con frecuencia.

Los pulpos en las Maldivas pueden meterse en espacios pequeños debido a su falta de una concha exterior dura.

Los pulpos en las Maldivas pueden usar herramientas para realizar tareas, como abrir conchas o quitar piedras.

Los pulpos en las Maldivas pueden comunicarse entre sí usando un tipo especial de tinta llamada sepión.

Los pulpos en las Maldivas pueden vivir hasta 200 metros de profundidad en el océano.

Los pulpos en las Maldivas son criaturas solitarias y generalmente prefieren vivir solas.

Los pulpos en las Maldivas se pueden encontrar en una variedad de colores, incluyendo blanco, negro, marrón y naranja.

Los pulpos en las Maldivas pueden regenerar extremidades, ojos y otras partes del cuerpo perdidas.

Los pulpos en las Maldivas tienen un tipo de piel especial llamada cromatóforos que les permite cambiar de color y textura.

Los pulpos en las Maldivas tienen una esperanza de vida de hasta cuatro años en estado salvaje.

Los pulpos en las Maldivas son excelentes nadadores y pueden moverse muy rápidamente en el agua.

Los pulpos en las Maldivas viven en arrecifes de coral poco profundos y pueden viajar hasta 100 metros de distancia de su hogar.

Los pulpos en las Maldivas son criaturas inteligentes y pueden reconocer patrones y resolver problemas.

Conclusión

Los pulpos en las Maldivas son criaturas fascinantes con muchas características y comportamientos únicos. Desde su dieta y hábitat hasta sus características físicas e inteligencia, este libro te ha enseñado 30 curiosidades divertidas sobre los pulpos en las Maldivas. Esperamos que hayas disfrutado aprendiendo sobre estas increíbles criaturas y que tengas una mayor apreciación por sus complejas vidas.

Gracias por leer este libro!

Si encontraste este libro útil, estaría agradecido si publicaras una reseña honesta en Amazon para que este libro pueda llegar y ayudar a otras personas.

Todo lo que necesitas hacer es visitar amazon.com/author/senseipauldavid Haga clic en la portada correcta del libro y haga clic en el enlace azul junto a las estrellas amarillas que dice "reseñas de clientes"

Como siempre...

Es un gran día para estar vivo!

¡Comparta nuestros libros electrónicos GRATIS ahora!

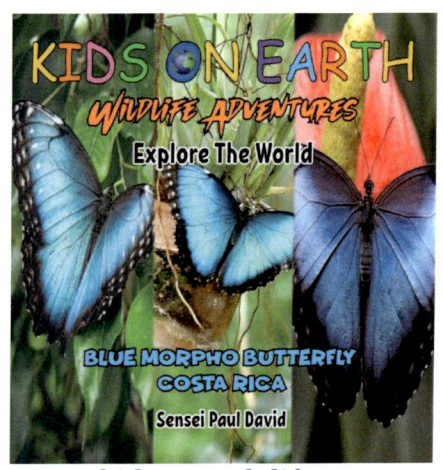

kidsonearth.life

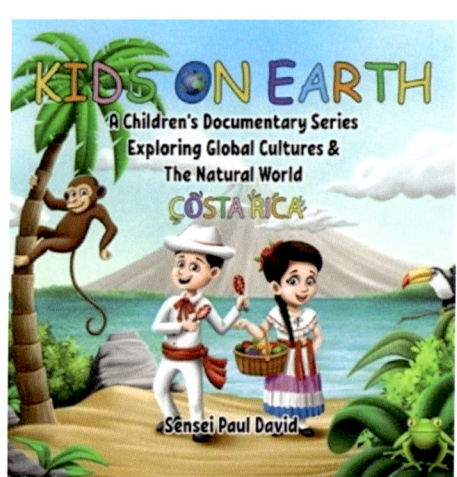

kidsonearth.world

Haga clic a continuación o busque en Amazon otro libro de cada serie o visite:

www.amazon.com/author/senseipauldavid

Mira nuestras **recomendaciones** para otros libros para adultos y niños, además de otros grandes recursos visitando.

www.senseipublishing.com/resources/

Únete a nuestro viaje editorial!

Si desea recibir LIBROS GRATIS, ofertas especiales, visite por favor.

www.senseipublishing.com Y únete a nuestro boletín ingresando tu dirección de correo electrónico en la caja emergente

Sigue nuestro atractivo blog AHORA!

senseipauldavid.ca

Consigue nuestros libros GRATIS hoy!

Haz clic y comparte los enlaces a continuación

Libros gratis para niños

lifeofbailey.com

kidsonearth.world

Libro de auto-desarrollo GRATIS

senseiselfdevelopment.senseipublishing.com

BONO GRATIS!!!

Experimenta más de 25 meditaciones guiadas gratuitas y entretenidas!

Habilidades y prácticas preciadas para adultos y niños. Ayuda a restaurar el sueño profundo, reducir el estrés, mejorar la postura, navegar la incertidumbre y más.

Descargue la aplicación gratuita Insight Timer y haga clic en el enlace a continuación:

http://insig.ht/sensei_paul

Si te gustan estas meditaciones y quieres profundizar, envíame un correo electrónico para una sesión de coaching en vivo GRATIS de 30 minutos:

senseipauldavid@senseipublishing.com

Acerca de Sensei Publishing

Sensei Publishing se compromete a ayudar a las personas de todas las edades a transformarse en mejores versiones de sí mismas proporcionando libros de autodesarrollo de alta calidad y basados en investigaciones con énfasis en la salud mental y meditaciones guiadas. Sensei Publishing ofrece libros electrónicos, audiolibros, libros de bolsillo y cursos en línea bien escritos que simplifican temas complicados pero prácticos en línea con su misión de inspirar a las personas hacia una transformación positiva.

Es un gran día para estar vivo!

Sobre el autor

Creo libros electrónicos y meditaciones guiadas simples y transformadoras para adultos y niños, probadas para ayudar a navegar la incertidumbre, resolver problemas específicos y acercar a las familias.

Soy un ex gerente de proyectos financieros, piloto privado, instructor de jiu-jitsu, músico y ex entrenador de fitness de la Universidad de Toronto. Prefiero un enfoque basado en la ciencia para enfocarme en estas y otras áreas de mi vida para mantenerme humilde y hambriento de evolucionar. Espero que disfrutes mi trabajo y me encantaría escuchar tus comentarios.

- Es un gran día para estar vivo!
Sensei Paul David

Escanea y sigue/me gusta/suscribete: Facebook, Instagram, YouTube: @senseipublishing

Escanea con la cámara de tu teléfono/iPad para las redes sociales

Visítanos www.senseipublishing.com Y regístrate a nuestro boletín para aprender más sobre nuestros emocionantes libros y para experimentar nuestras Meditaciones Guiadas GRATIS para Niños y Adultos.

www.ingramcontent.com/pod-product-compliance
Lightning Source LLC
Chambersburg PA
CBRC091723070526
44585CB00008B/156